AF368559

PASIÓN CIEGA

ExLibric

MARÍA CASTIÑEIRAS ORTEGA

PASIÓN CIEGA

EXLIBRIC

ANTEQUERA 2022

MARÍA CASTIÑEIRAS ORTEGA

PASIÓN CIEGA

1

Bienvenidos de nuevo. Nuestra historia continúa, pues Mary y John han conseguido salir con vida del colegio, lo cual es un hito importante, ya que todos sus amigos fueron asesinados uno por uno, mientras ellos se han librado gracias a la diosa Fortuna, al menos por ahora.

Tras la trágica aventura vivida, Mary y John decidieron quedarse unos días en un hotel de Pennsylvania hasta que tuviera lugar el juicio para poder cerrar, al fin, ese tétrico capítulo de sus vidas.

El proceso se desarrolló con total normalidad y las condenas fueron las siguientes: Ashley estaría en un reformatorio hasta cumplir la mayoría de edad y después ingresaría en un centro penitenciario para una cadena perpetua, mientras Jack, por ser el responsable de su hermana y jefe de toda la trama, fue penado con la muerte, que sería efectiva al cabo de tres días.

John finalmente estaba feliz y disfrutando con su novia tras haber pasado el mal trago del juicio, pues tuvo que testificar y revivir de nuevo toda la experiencia. Sin embargo, Mary seguía distraída y absorta, era como si aún no hubiera vuelto al mundo real.

—Ya ha acabado todo, tranquila —le dijo John.

—No me lo creeré hasta que no lo vea muerto —anunció.

★★★★★

El ansiado día llegó y Jack sería ejecutado. Mary y John estaban presentes, pues tras lo que habían sufrido, nadie les iba a privar de ese momento de felicidad.

Jack entró escoltado por tres guardias y Mary cogió instintivamente la mano de John en señal de apoyo; ahora mismo lo necesitaba, era el salvavidas al que aferrarse en medio de la tempestad.

Todo estaba dispuesto cuando se fueron las luces del recinto. Lo lógico es que no cundiera el pánico, pues tendrían que iniciarse casi instantáneamente los generadores de emergencia. Sin embargo, eso no sucedió.

Mary hurgó con la mano libre en su bolso en busca del teléfono móvil para intentar vislumbrar qué sucedía empleando la linterna, pero cuando por fin lo encontró, se oyó un disparo y aquella mano a la que se aferraba como si no hubiera un mañana se convirtió en un peso muerto, una muestra más del dolor que suponía formar parte de su vida.

Entonces localizó a Jack y, sin dudarlo, salió corriendo tras él.

Estaban fuera del edificio, sorteando un callejón tras otro.

—¡Jack, espera, por favor! —gritó Mary.

Jack dejó de lado por un momento su huida y se centró en ella. Se acercó y le dio la oportunidad de hablar.

—Llévame contigo, eres lo único que me queda —suplicó, cogiéndole la mano y mirándolo a los ojos.

Jack estaba totalmente desconcertado, habría esperado que intentara entregarlo, matarlo incluso, y una reprimenda de las que hacen historia. Sin embargo, lo único que quería era alguien en su vida que no volviera a dejarla sola, y ese podía ser él, pero ya se la había jugado una vez, ¿podía acaso confiar en ella?

Jack se puso frente a Mary, mirándola a los ojos, con las manos sobre sus mejillas y sus labios a punto de rozarse.

—Te prometo que regresaré a por ti, pero ahora debes volver —concluyó Jack con un cálido beso.

Mary se aferró a aquellas palabras, a aquel beso cargado de promesa, a aquel instante, y retornó al lugar donde se hallaba el ya perdido último recodo de esperanza y alegría que había tenido en su vida.

2

Una semana después, John seguía en coma y las probabilidades de que despertara eran remotas; aun así, si sobreviviera, a saber las secuelas que podría tener después de recibir un balazo en la cabeza.

Pero ¿sabéis qué? Quien no era la misma era Mary. Ella había perdido absolutamente todo lo que le había importado a lo largo de su vida: familia, amigos, John… Ya nada volvería a ser igual.

Su familia era bastante numerosa, pero en una cena familiar tuvo lugar un incendio provocado donde fallecieron todos, salvo ella, su hermano y sus padres, que no pudieron acudir por motivos de salud. Meses más tarde asesinaron a su hermano de quince años, quien era su refugio y referencia, pues ella tenía doce. Al cumplir los dieciséis, sus padres se suicidaron ante sus ojos. Se había recuperado de todo aquello y estaba dispuesta a empezar una nueva vida cuando ingresó en el colegio, casi un año después.

Sin embargo, los acontecimientos no mejoraron, dado que todos sus amigos fallecieron, pagando las consecuencias de sus actos, o mejor dicho, de sus no actos. Aun así, era fuerte y podía con todo eso, pero perder a John, el hombre que la amaba y cuidaba, una de las pocas personas que le había importado en su vida incluso más que ella misma, fue algo que no pudo soportar.

Además, aún no había tenido noticias de Jack, así que dio por supuesto que nunca volvería.

De ese modo, decidió que lo mejor era aislarse, evitar coger apego por alguien, ya que nadie que estuviera a su lado había acabado bien. Se convirtió en una persona fría y sin sentimientos que solo luchaba por su propia existencia.

Su vida acababa de dar un nuevo vuelco, pues el plan no había salido como ella esperaba. En fin, Jack estaba libre, pero había rehusado su compañía, por lo que su influencia sobre él se desvanecía como el último copo de nieve del invierno. Y por si eso fuera poco, estaba el disparo que John había recibido. Por suerte, parecía que podría recuperarse y, aunque siempre hay daños colaterales, eso no era lo esperado. La vida de Mary cambiaba con demasiada frecuencia, pero esta vez sería la definitiva, o eso creía ella cuando decidió mudarse a Miami para disfrutar de la vida y estudiar a distancia Derecho y Administración.

3

Tres meses después del traslado, Mary había rehecho su vida y, dentro de lo que cabe, hasta se podría decir que era feliz.

Estaba en su casa cuando sonó el timbre, algo a lo que no estaba muy acostumbrada, ya que nadie tenía su dirección; había decidido desaparecer, convertirse en un fantasma.

Cuando abrió la puerta se encontró un paquete, lo abrió y halló un teléfono móvil, que sonó casi al instante.

—Mary, soy yo. Te dije que volvería —dijo Jack.

Mary no era capaz de articular palabra, ahora mismo estaba fuera de combate. No pensaba que fuera a volver, y mucho menos que la localizara.

—Mary, ¿estás ahí?

—Sí —respondió tímidamente.

—¿Aún quieres lo mismo?

Mary tardó en responder, pues debía analizar la situación: podía permanecer en su nuevo mundo antipersonas o darle una nueva oportunidad a Jack, un chico que había sido muy importante en su vida y había supuesto un antes y un después.

—Sí, quiero estar contigo —respondió al fin.

—Haz las maletas. Te recogerán hoy a las 17:00 —afirmó con voz autoritaria.

—Perfecto.

¿Qué acababa de hacer? Había accedido a volver con Jack, un hombre por el que sintió algo y con el que se divertía, pero que le había arrebatado todo, hasta su propia esencia. Sin embargo, había una diferencia respecto a aquel entonces: ella no era la misma, aunque él aún no lo supiera.

4

Llegadas las 17:00, Mary estaba presta y dispuesta para partir en busca de una nueva aventura. Cuando abrió la puerta se decepcionó un poco al no encontrar a Jack. En su lugar había un hombre de unos treinta años, metro noventa, fuerte, de anchas espaldas, moreno y con ojos grises.

—¿Y usted es…? —preguntó Mary.

—Me llamo Jensen. El señor Shepard me ha pedido que me encargue de usted durante el viaje, así que no dude en demandar lo que necesite.

—De acuerdo, gracias.

Sin más explicación, se fueron en un todoterreno negro con cristales tintados en dirección al aeropuerto. Jensen se encargó del equipaje y cualquier capricho que Mary pudiera tener. Sin embargo, ella no quería nada, solo saber qué estaba pasando, por qué no estaba Jack y, más importante aún, a dónde se dirigían. Por ello, aprovechó el trayecto en coche para escribir a Jack.

¿Dónde estás? ¿Por qué estoy con un hombre al que no conozco
en vez de con el que ansío?

La cara de Jack fue de completa satisfacción al comprobar que la impaciencia por verse era mutua.

No sabía que fuera usted tan impaciente,
señorita Sunset. Todo a su debido tiempo.
Pronto seré suyo, se lo prometo.

El mensaje consiguió tranquilizar un poco a Mary, pero era insuficiente para satisfacer su curiosidad.

—Jensen, ¿a dónde nos dirigimos? —le inquirió Mary una vez habían despegado.

—Me temo que no puedo darle esa información, pero el vuelo será largo, así que le recomiendo que se ponga cómoda.

Mary se estaba mosqueando, algo no terminaba de convencerla. Un vuelo largo, obviamente transcontinental, sin conocer el destino y con desconocidos; absolutamente todo podría salir mal. Sin embargo, a pesar de las preocupaciones que se apoderaban de su cabeza, optó por relajarse, porque, a fin de cuentas, ¿qué podía hacer a diez mil metros de altura?

Tras varias horas, que aprovechó viendo películas y escuchando música, al fin el avión comenzaba a descender.

—Vamos a realizar una parada técnica. Será media hora aproximadamente, puede salir a dar un paseo si lo desea —sugirió Jensen.

—Estoy bien aquí, gracias —respondió educadamente, antes de quedarse sola en el *jet*.

5

Mary cerró los ojos y se quedó sola en aquel enorme *jet* escuchando música, relajada, tranquila y feliz, absorta en su mundo.

Entonces, le pareció sentir que alguien se aproximaba a su cara, como si pudiera sentir su aliento, su esencia…, y abrió los ojos. Tenía razón, al fin era él.

—Hola —dijo Jack con voz cálida y risueña.

—Hola —respondió Mary con tono seductor, justo antes de darle la bienvenida con un casto beso.

Mary se incorporó y ambos se fusionaron como si fueran un único elemento. Tras muchos besos y caricias, Jack tomó asiento y Mary se colocó en su regazo.

—¿Qué tal el viaje?

—No ha estado mal, pero es mejorable.

Jack no pudo evitar reírse ante aquella respuesta, que él mismo había utilizado para seducirla tiempo atrás, y decidió seguir con el juego.

—¿Y cómo lo mejoraría usted, señorita Sunset?

—Con mejor compañía —respondió mirándolo a los ojos mientras se mordía el labio inferior.

—Dudo que a Jensen le guste lo que acaba de sugerir.

—Lástima que no me importe lo que le gusta a Jensen.

Jack estaba desatado, parecía un pulpo, porque no dejaba de tocarla como si aún no se creyera que estuviera allí con él, al menos por voluntad propia. Estaba tocándola, saboreándola, deleitándose con cada momento, hasta que Mary rompió su ensimismamiento.

—¿Me vas a decir ya dónde vamos?

—No —respondió rotundamente.

—¿Disculpa? —inquirió irascible.

—No te lo diré porque ya me traicionaste una vez y me he jugado mucho volviendo a por ti. No estoy dispuesto a arriesgar más.

—Lo entiendo, pero no eres el único que arriesga.

Tras esa breve conversación, Mary volvió a su asiento, cogió sus auriculares y regresó a su mundo de ensueño, apartando a Jack de su lado.

Jack estaba enfadado nuevamente. Siempre conseguía sacarlo de sus casillas, pero era cierto el hecho de que no podía confiar en ella, al menos no como antes. Aun así, Mary tenía razón, lo había dejado todo atrás por él después de arrebatarle todo aquello que le importaba. Ella sí se lo había jugado todo a una carta, había renunciado a su vida por él.

6

El avión había recobrado el vuelo cuando Jack volvió hacia el asiento que ocupaba Mary, le quitó los auriculares y le ofreció la mano. Ella lo miró confusa.

—Ven conmigo.

—¿A dónde?

—Hay una cama en la parte trasera, podrás estar más cómoda.

—Ve tú, yo estoy bien aquí.

—Mary, ¿qué te pasa? Intento compensarte —dijo indignado y furioso.

—¿Compensar a quién, a mí o a ti, Jack? —respondió ella con tono reprobatorio.

Jack no sabía qué decir. Desde luego que también sería una fortuna para él poder ir juntos a la cama y disfrutar, pero pensaba que ella sentía lo mismo.

Ante la cara de circunstancias de Jack, que se había quedado petrificado y mudo, Mary se decidió a poner las cartas sobre la mesa, por lo que se levantó, se colocó frente a él y, mirándolo directamente a los ojos, comenzó su exposición:

—Jack, si te estás preguntando si te deseo la respuesta es sí; si quiero estar contigo, sí; acostarme contigo, también, y formar parte de tu vida. Pero como tú mismo dijiste, quiero hacer las cosas bien y no me sentiría a gusto conmigo misma sabiendo que el hombre con quien me acuesto no confía en mí, así que cuando me demuestres que la confianza es mutua, hablamos —concluyó, y retornó a su asiento.

Jack se quedó perplejo tras aquella declaración no solo de intenciones, sino también de sentimientos, y se alejó para que ambos pudieran relajarse y pensar con claridad.

El resto del vuelo transcurrió sin altercados, con cada uno por su lado, como si no se hubieran visto nunca en el transcurso de sus alocadas y ajetreadas vidas.

7

Cuando pisaron tierra, Jack le ofreció la mano a Mary, pero esta la rechazó y se limitó a seguirlo. Un deportivo los estaba esperando en la entrada del hangar. Jack se puso al volante y ni tan siquiera se miraron en todo el camino.

—Hemos llegado —anunció Jack.

Estaban frente a una puerta que abría paso a una mansión de estilo mediterráneo con todo el lujo que se pudiera desear.

Jack se bajó del coche y se encaminó hacia el lado contrario para abrirle la puerta a Mary, aunque esta ya había bajado, y la condujo al interior de la casa.

La entrada era preciosa con un enorme recibidor que distribuía los diferentes espacios, los techos eran altos, los suelos de mármol y unas escaleras de caracol impresionantes daban paso a otras dos plantas. En el bajo, había una inmensa cocina *gourmet* con isla y barra americana, y un salón comedor al que la palabra espacioso no le hacía justicia por la amplitud que poseía.

Jack no estaba muy hablador y se paró delante de una puerta en la planta baja.

—¿Y bien...? ¿Ocurre algo? —preguntó Mary.

Jack abrió la puerta y la invitó a entrar. Se trataba de un dormitorio amplio con una cama, armarios, tocador, espejo..., todo lo que una chica necesita. La decoración era exquisita con un tono negro en las paredes, salvo en la principal, que era de color rojo, donde destacaba el cabecero gris satinado de la imponente cama. Los muebles tenían un aspecto barroco con una coloración también grisácea, como desgastados, menos el espejo, que era de un dorado resplandeciente.

—Este será tu cuarto —anunció Jack, antes de conducirla a otra puerta en el interior del dormitorio, que daba a un baño diseñado con mucho gusto y con todas las comodidades posibles: bañera, *jacuzzi* y ducha con hidromasaje—. Espero que te guste.

—Es perfecto. ¿Me enseñas el resto de la casa? —Mary mostró al fin una sonrisa en la cara.

—Creo que no me has entendido. Tú te quedarás aquí, tienes todo lo que necesitas, y yo mismo me encargaré de traerte la comida a diario.

—¿Estás diciendo que he dejado mi vida para que me encierres en una torre de cristal? —comentó Mary con total ironía y enfado.

—Eso he dicho. Ya no hay vuelta atrás. Descansa —dijo antes de irse y cerrar la puerta con llave tras de sí.

8

Mary tenía un enfado monumental. Aunque su cara y su cuerpo no lo reflejasen, ahora mismo todo su interior era furia, ira, desprecio. Se apoyó en la pared más próxima y se dejó caer al suelo, cerró los ojos y permaneció así un largo tiempo para relajarse y pensar.

La situación estaba clara, Jack no confiaba en ella y por eso la recluía en ese lujoso cuarto lejos de toda sociedad. Debía encontrar la forma de que volviese a tener fe ciega en ella. Ahora bien, ¿qué podía hacer?

«Jack no ha registrado mi equipaje y dispongo de teléfono, portátil y demás dispositivos electrónicos, por lo que de alguna forma debe de poder controlar lo que hago o con quién hablo», reflexionaba en silencio. «Resulta obvio pensar que el cuarto estará sembrado de diminutas cámaras, así que voy a utilizar eso en mi favor».

Mary seguía dándole vueltas a su situación: «Tengo tres posibles estrategias y una gran indecisión respecto a cuál emplear:

1. Ser la reclusa modelo y hacer todo lo que él quiera. Vamos a descartarla, esto no va conmigo.
2. Dar pena para que se apiade de mí. Una elección bastante inteligente, ya que no sería difícil teniendo en consideración sus sentimientos hacia mi persona.
3. Provocarlo, hacer que se sienta obligado a venir a mí. Una opción muy divertida, a la par que arriesgada».

¿Qué hacer? Esa decisión marcaría su futuro, y no necesariamente muy lejano. Estaba a punto de definir el curso del resto de su vida una vez más, y últimamente las cosas no le habían salido muy a pedir de boca.

Provocación o sentimientos, ¿qué tendría mayor efecto?

9

Era mediodía y Mary seguía sentada en el suelo, aunque con las ideas un poco más claras, cuando apareció Jack con una bandeja de comida.

—No me apetece, gracias.

—Tienes que comer —exigió Jack.

—Ahora no, más tarde quizás —respondió definitivamente, sin haberse tan siquiera levantado de aquel recodo en el que se encontraba.

Jack dejó la bandeja en el tocador y se fue hacia la puerta. La verdad, no tenía muchas ganas de discutir de nuevo.

—¡Espera! Solo respóndeme a una pregunta —le instó Mary.

—Tú dirás. —Jack se situó en el suelo junto a ella.

—¿Por qué?

—¿Por qué estás aquí?

Mary asintió.

—Porque siempre has sido mi debilidad, desde el momento mismo en que te vi bajar de aquel taxi, pero no puedo confiar en ti.

—¿Qué te lo impide?

—Ya me entregaste una vez, por lo que estuve a punto de morir, ¿recuerdas?

—Lo recuerdo perfectamente, pero tú también actuabas a mis espaldas y, por si no lo recuerdas, no eres el único que casi muere. Yo ya he dado el salto de fe arriesgándome a dejar todo para estar contigo, sin importar nada más. Cuando consigas hacer lo mismo, quizá esto funcione —concluyó ella su reflexión.

Tras esas palabras, Jack se fue pensativo, pues no lo había visto desde esa perspectiva y tenía mucha razón. Ella ya había apostado, ahora era su turno.

★★★★★

Al día siguiente, Jack estaba frío y distante, no parecía que su conversación del día anterior diera frutos, por lo que a lo largo de la tarde Mary decidió ponerse cómoda. Aún no había deshecho el equipaje, pero para eso ya habría tiempo, ahora debía poner su plan en marcha.

Se fue al cuarto de baño a disfrutar de una relajante ducha. Era consciente de que Jack estaría observando, así que se lo tomó con mucha calma y descaro.

Posteriormente, regresó al dormitorio, conectó el reproductor y los altavoces para que la música inundara el cuarto y empezó a bailar, a seducir a las cámaras, hasta que terminó exhausta sobre la cama.

Se quedó dormida al instante y comenzó a balbucear en sueños. Bueno, si es que eso se podía llamar balbucear, porque más bien gemía y su cuerpo se contorsionaba espásticamente; sin duda, estaba teniendo sueños eróticos.

Jack llevaba toda la tarde conteniéndose, intentando hacer las cosas bien y dejarle un poco de espacio, pero no era fácil. Verla en la ducha, desnuda por primera vez, provocó una respuesta inmediata en él, que consiguió soportar a duras penas. El baile ya fue algo supremo que le recordó la noche en que casi fue suya. Pero el orgasmo mientras dormía puso el punto final a su cordura. ¿Quién sería el objeto de su desenfreno? Iba a averiguarlo ahora mismo.

Jack llegó al cuarto y Mary seguía dormida encima de la cama, así que se colocó a horcajadas sobre ella. Ese calor, el aumento del peso en la cama, su aroma…, todo ello hizo que Mary al fin despertara.

—¿Qué haces? —le exigió inmediatamente.

—Vengo a por lo que es mío —respondió con voz firme.

—Si se te ocurre hacer lo que creo que estás pensando, te juro que nunca te lo perdonaré. Escúchame bien: nunca en esta vida seré tuya por voluntad propia si te atreves a tomarme sin mi consentimiento —lo amenazó mirándolo fijamente a los ojos.

—Creo que me arriesgaré —dijo mientras se desabrochaba los pantalones.

Mary se quedó inmóvil. Si esas eran sus intenciones, tendría que encargarse él de todo, pues ella no pensaba mover un solo dedo.

Ante la negativa verbal y corporal de Mary, que parecía un peso muerto, sin la más mínima señal de disfrute, éxtasis, lujuria o excitación, Jack al final se rindió y decidió retornar a su dormitorio, al menos hasta el próximo asalto.

Mary apagó las luces y buscó refugio en el interior de la cama, acurrucándose como un niño pequeño. Fue entonces cuando al fin una lágrima cayó por su mejilla. Siempre controlaba sus sentimientos y apenas se permitía el lujo de llorar, y menos en público, pero ahora no podía contenerse. ¿Realmente Jack estaba dispuesto a violarla? ¿Se equivocó de estrategia con la provocación? ¿Quizá fingir el orgasmo nocturno había sido demasiado? ¿Qué actitud debía tener a partir de ahora?

10

A la mañana siguiente, Mary al fin deshizo su equipaje y entre tanta ropa y complementos no dejaba de pensar en lo sucedido. Estaba guardando unas prendas en el armario cuando una pequeña rendija en el fondo le llamó la atención. Dio unos golpecitos y sonó a hueco, así que debía ser un falso fondo.

En efecto, así era, y abría paso a un pequeño almacén que contenía juguetes varios: vibradores, látigos, esposas… Muchos estaréis un poco desconcertados con este hallazgo, pero teniendo en cuenta el estatus social de Jack y su impetuoso deseo sexual, hasta era de esperar que tuviera ciertas tendencias sexuales y que el control tuviera que estar presente incluso en ese ámbito de su vida.

Jack salió a toda prisa hacia el dormitorio cuando vio que Mary había descubierto su secreto. «Con lo que pasó anoche y encima ahora descubre esto… No sé qué va a pensar. Dios, saldría corriendo si pudiera, seguro. Debo hacerla entender».

—Mary, de veras que siento lo de ayer. No quiero hacerte daño, lo sabes, ¿verdad?

Mary no articulaba palabra, solo lo observaba con mirada perdida.

—Todo lo que has visto no significa nada, no tengo intención de usar nada contigo ni de infringirte dolor.

Ante la pesadumbre de Jack por el miedo que pudiera estar recorriendo las entrañas de Mary, esta no pudo evitar reírse, para mayor desconcierto de Jack.

—El dolor se puede infringir de muchas formas, Jack, y es bastante peor el dolor que me provocas con esta situación que el que me ocasionarías con cualquiera de esos juguetes. De hecho, es una lástima que no quieras compartirlos conmigo, pues no eres el único al que le gusta jugar.

Jack abrió los ojos, y hasta la boca, ante aquella respuesta que nunca se habría imaginado.

—Si no te importa, ahora estoy muy ocupada —dijo invitándolo a irse.

11

Tras mucho pensar, Mary decidió dejar de lado las estrategias y limitarse a vivir. Si aquella era su nueva situación, tendría que acostumbrarse a ella, y cuanto antes. Estableció una rutina: estudio por las mañanas y disfrute con música y series por las tardes. Jack le traía todos los días los almuerzos y apenas cruzaban palabra tras lo sucedido hacía ya días.

★★★★★

La situación se había normalizado tras casi un mes de encierro. Muchas tardes Jack iba al cuarto y se quedaba con Mary para hacerle compañía mientras hablaban de cosas banales o veían películas. El ambiente era cada vez más parecido al que habían tenido tiempo atrás, durante los días en que convivieron. Sin embargo, la tensión entre ambos era más que evidente y en algún momento, no muy lejano, acabarían quemándose.

Jack estaba harto de esa situación, ya había esperado suficiente. No podía tenerla y a la vez seguir sin tenerla, era ridículo. Por ello, fue hacia la cárcel personal de Mary y entró.

—¿Qué haces aquí? —preguntó ella al instante, extrañada.

—¿Confías en mí?

—Sí —respondió sin vacilar.

—Entonces ven.

Jack la llevó hacia los pies de la cama y le colocó un antifaz en los ojos. Después le cogió una mano y se la esposó por encima de la cabeza y, posteriormente, la otra, y entonces su cuerpo comenzó a elevarse. Sus pies ya apenas tocaban el suelo, estaba totalmente en el aire, sujeta solo por las muñecas y a su merced.

Jack comenzó a tocarla, a besarla, y tras su deleite, al fin se aproximó hacia la entrepierna. Antes de que pudiera quitarle la ropa interior, Mary se impulsó y le apartó de una patada, que casualmente impactó en su abdomen. Después tiró de abdominales y se elevó sobre las cadenas en dirección al techo, donde Jack no pudiera alcanzarla.

—¡Baja de ahí, te harás daño! —exigía él.

—No —respondió mientras se retiraba el antifaz.

—Mary, si me obligas a bajarte será peor. Sigues esposada, solo tengo que hacer descender las cadenas. Te tendré antes o después.

—Creo que no.

Entonces, Mary enroscó una de las cadenas alrededor de su cuello y comenzó a tensarla. Si Jack intentaba bajarla, el simple descenso podría asfixiarla, así que él decidía.

—No lo hagas. Mary, por favor, ¡para!

Ella hacía caso omiso y seguía tensando la cadena, que ya empezaba a dejar marca en su cuello; pronto empezaría a tener problemas para respirar.

—¡Para, para, joder! ¡Basta! Te dejaré, pero para, por favor —suplicó Jack.

Mary, al fin, desenroscó la cadena y Jack la bajó *ipso facto*. Todo él era un cúmulo de sensaciones presididas por la preocupación y la desesperación. Mary estaba sentada sobre la cama cuando él se apresuró a quitarle las esposas y le puso la mano bajo la barbilla para obligarla a mirarlo. Sin embargo, daba igual lo que Jack intentara porque Mary siempre apartaba la cabeza o, en su defecto, la mirada. Ahora mismo lo único que sentía por él era repugnancia y no tenía ninguna intención de reconfortarlo, de hacer que se sintiera menos culpable, mejor, en definitiva.

—Mary, ¿estás bien? Dime algo, por favor. Mírame al menos.

Ante aquella nefasta situación, Jack se fue y ambos se quedaron a solas con sus pensamientos.

12

«¿Qué he hecho? Ya no hay vuelta atrás, la he perdido para siempre. ¿Qué puedo hacer o qué le digo? Ha estado a punto de suicidarse por mi culpa, prefiere morir a ser mía. ¿De verdad es tan malo estar conmigo?». Jack no podía reprimir sus emociones, estaba furioso, preocupado, desesperado. ¿Qué podía hacer a partir de ahora con ella?

1. Dejarla encerrada en ese cuarto de por vida, pero ¿con qué finalidad si nunca sería suya de todos modos?
2. Poseerla al fin, y después qué, ¿se suicidaría y la perdería para siempre? Y además está el remordimiento que sentiría después, ¿en verdad podría vivir con esa carga?
3. Dejarla ir, renunciar a ella definitivamente, pero ¿cómo asegurarse de que no lo traicionaría entonces?

«Dios, no sé qué hacer…».

Por su parte, Mary estaba respirando tranquila tras lo acontecido, tumbada encima de la cama y relajada por fin. «Espero que esto le haya servido para darse cuenta de qué es lo que le importa. Solo le pido que confíe en mí y me deje ser parte de su vida, no creo que sea para tanto. Aun después de todo, si reaccionara estaría dispuesta a perdonarlo, aunque no inmediatamente, porque lo cierto es que ahora no soporto ni tan siquiera la idea de verlo y me temo que será así durante un tiempo, pues me ha hecho estar a punto de renunciar a lo único que valoro, mi propia vida».

Tras toda la reflexión, Mary decidió enviarle un mensaje a Jack.

No me apetece verte.
Preferiría que a partir de ahora fuera Jensen
u otra persona quien se encargara de traerme
el almuerzo y demás necesidades.

El mensaje no hizo más que confirmar la sensación de pérdida que Jack experimentaba, por lo que decidió realizar un intento desesperado de recuperarla antes de que fuera demasiado tarde.

Mary, por favor, sé que me he equivocado,
pero no nos hagas esto, no te alejes de mí.

La respuesta de Mary no tardó en llegar.

No soy yo quien se aleja, sino tú.

Esa frase consiguió hundir por completo a un Jack que no pudo contener las lágrimas por más tiempo. La conversación parecía haber finalizado, pero una pregunta seguía asaltando su cabeza. «Quizás no sea el mejor momento, pero según están las cosas, dudo que las pueda empeorar».

Dime una cosa, ¿en verdad es tan malo ser mía?
Y si es así, ¿por qué accediste a venir?

Porque te quiero y aposté por ti,
aunque tú NO seas capaz de hacer lo mismo.

Esa respuesta sí marcó el punto final de la conversación para Jack, pues qué podía decir… Sin embargo, Mary aún tenía una última confesión para él.

Hay una cosa que deberías saber: NO podré soportar esta situa-
ción por mucho más tiempo,
cómo termine depende de ti.
Buenas noches, Jack.

Estas últimas palabras consiguieron sumir a Jack en la más profunda de las angustias con un llanto incoercible hasta que el sueño finalmente lo venció.

13

A la mañana siguiente, Jack tenía que comunicarse con Mary, hacerle entender que no debía temerle, que había metido la pata y no volvería a suceder. Quizá ahora que la situación se había enfriado conseguiría que entrara en razón. No podía arriesgarse a perderla y no importaba qué tuviera que hacer para retenerla. Sin embargo, ella había dejado claro que no quería verlo, así que finalmente se decidió a escribirle.

Has dicho que no quieres verme y respetaré tus deseos, aunque eso termine con la poca cordura que me queda.

Mary había leído el mensaje, pero media hora después seguía sin responderle.

Mary, siento de veras lo que sucedió y te juro que no se repetirá nada parecido, pero cuando se trata de ti me vuelvo loco. Bueno, tú me vuelves loco y sé que eso no disculpa mis actos. Aun así, espero que algún día no muy lejano puedas perdonarme.

Jack estaba desesperado. Mary seguía sin decir nada y cuando la veía a través de las cámaras se le partía un poquito el corazón pensando que por su culpa había perdido la sonrisa, tenía los ojos hinchados y rojos de las lágrimas y no hablaba con nadie, por mucho que Jensen hubiera intentado consolarla.

No te bombardearé con más mensajes, solo quería que supieras que por muy loco que me vuelvas por el deseo que me invade cuando pienso en ti, no es ni ínfimamente comparable con el dolor que me provoca verte así, eso no puedo soportarlo. Soy un imbécil por haberlo provocado. Al fin me he dado cuenta de qué es lo que me ocasiona semejante dolor cuando te hiero, y es que te quiero.

Mary leyó y releyó el último mensaje. ¿De verdad era una declaración de amor? Esta vez no pudo evitar responder.

Ya te dije en repetidas ocasiones lo que quiero.

14

Las siguientes semanas pasaron inadvertidas, con desesperanza y ansiedad. El tiempo que pasaban sin verse parecía una eternidad. Jack había decidido cederle el tiempo y el espacio que Mary había implorado, mientras ella seguía a la espera de que Jack al fin rompiera una lanza a su favor.

Jack estaba indeciso, quería ir a verla, pues por fin había tomado una decisión. ¿Cómo reaccionaría? ¿Querría verle? ¿Lo aceptaría? ¿Realmente estaba dispuesto a vivir sin ella?

Jack entró en el dormitorio de Mary.

—¿Qué quieres? —preguntó al instante.

—Vengo a hablar contigo. No espero que me perdones por todo lo que te he hecho pasar, especialmente desde que estás aquí, así que eres libre. Puedes ir a donde te plazca y cuando gustes.

Mary no decía nada y permanecía sentada en la mesa delante del ordenador.

—No quieres ni hablarme, lo entiendo. Espero que seas feliz —dijo Jack apesadumbrado.

—No entiendes nada. Has tomado la decisión correcta por pura casualidad. Corrígeme si me equivoco, pero nunca he dicho que quisiera irme —dijo mientras se incorporaba y se acercaba a él—, porque yo ya estoy donde quiero estar: contigo —concluyó, mirándolo fijamente a los ojos.

—Ahora sí que no entiendo nada. Después de todo…

—Solo quería que confiaras en mí y ahora lo has hecho. Ya te había perdonado. Pero si me quedo, hay una condición.

—Lo que quieras.

—Quiero formar parte de tu vida por completo, no solo ser una mujer florero. Quiero participar también en los negocios y en todo aquello que te concierna directamente.

—De acuerdo. En ese caso, creo que tenemos una mudanza por delante. Vamos, te enseñaré el resto de la casa y escogerás tu nuevo cuarto, a menos que quieras compartir el mío.

—Interesante proposición.

Mary se dirigió hacia la puerta y antes de que Jack saliera tras ella, lo empujó de vuelta al dormitorio, cogió la llave y volvió a entrar, depositándola en el tocador.

Entonces Mary, que llevaba puesto un bonito vestido rojo, se quitó la ropa interior y la desplazó hacia un lado con los pies, sin apartar la vista de su objetivo.

—Me gusta este cuarto, tiene muchas posibilidades.

Posteriormente, se acercó aún más a Jack y dijo mirándolo a los ojos mientras le desabrochaba los vaqueros:

—Ahora sí soy tuya.

Después se dejó caer de rodillas ante la imponente erección y comenzó a lamer la punta con las primeras gotas de líquido preseminal. Continuó el proceso trazando lentamente círculos con la lengua, para después introducirla en su boca. Mary siguió jugando durante unos minutos mientras Jack se aproximaba cada vez más hacia una mágica y perfecta explosión de sensaciones. Ya estaba pletórico, empezaba a resultarle complicado mantener el equilibrio sin apoyo y se estaba aproximando al clímax.

—Para ya, me voy a correr.

Mary paró un instante para mirar fijamente a los ojos a Jack y esa frase no hizo más que reafirmar su acto. Mary lo asió por las caderas exigiendo más, exigiendo que se lo diera todo, en la boca. De tal forma que Jack no pudo contenerse por más tiempo y terminó por explotar.

Mary disfrutó de ese placer líquido en su boca para luego besar intensamente a Jack, haciendo que se saboreara también a sí mismo.

Apenas un minuto después:

—Eres mía —le susurraba Jack al oído.

—Lo soy.

Lo siguiente fueron ambos fusionados contra la puerta. Ya iba siendo hora de que sus cuerpos se conocieran íntimamente, y ya lo creo que lo hicieron. El nada desdeñable pene de Jack había encontrado refugio en las profundidades de la vagina de Mary, y tras penetrarla una y otra vez de una forma salvaje, ambos completamente extasiados sucumbieron en un inmenso mar de placer.

Todo placer tiene un sacrificio, y en este caso era el cansancio, pues los dos terminaron exhaustos, aunque Jack aún tenía fuerzas para coger a Mary y llevarla en brazos a la cama para luego acostarse a su lado.

15

Ambos estaban tumbados en la cama, mirándose mutuamente, felices al fin, como si no se creyeran lo que acababa de suceder, mientras intentaban recuperar el control sobre sí mismos.

—¿Qué te preocupa? —le preguntó Mary.

—No es nada.

—Jack, te conozco lo suficiente para saber que tienes algo dando millones de vueltas en la cabeza.

—Es solo que no quiero perderte.

—No me perderás.

En efecto, eso era lo que preocupaba a Jack, que si Mary se involucraba en su mundo, saliera corriendo.

—No quiero que entres en mi mundo.

—¿Por qué? —preguntó con curiosidad.

—Porque te irás.

—Prueba.

—Me dedico al tráfico.

—¿Droga?

—Y personas.

El mundo de Jack era peligroso. Sus padres se dedicaban al tráfico de droga y, cuando estos murieron, él continuó con el negocio familiar. Jack era una persona muy ambiciosa y no se conformaba solo con las drogas, sino que se introdujo también en el tráfico de personas. Actualmente, tenía el control de casi toda Europa y gran parte de EE. UU. Él era el referente.

Para encubrir sus millonarios a la par que ilegales negocios, poseía múltiples empresas y locales en los que blanquear el dinero, entre ellos el colegio donde se conocieron, además de ser un apasionado inversor en la bolsa.

—Ya puedes salir corriendo.

Entonces Mary se abrazó a él.

—¿Qué haces?

—Salir corriendo, ¿no lo ves?

Por supuesto que Mary suponía que los negocios de Jack no eran legales, pero eso nunca le había importado. Así que ¿por qué motivo iba a huir ahora que al fin tenía lo que tanto había ansiado?

Tras confesarse, Jack por fin pudo relajarse y disfrutar del momento. «Ha permanecido a mi lado después de todo. Esto va a ser magnífico. Tras todos los altibajos que hemos tenido, no podría ser mejor».

—Te quiero, Mary —le susurró.

—Y yo a ti —afirmó ella.

Al fin parecían una pareja de enamorados como hacía ya tiempo debía haber sucedido, y los cuerpos de ambos así lo reflejaban, pues no estaban dispuestos a desperdiciar ni un segundo, y la noche no había hecho más que empezar.

16

Durante los días siguientes parecían siameses, ya que apenas se separaban. La necesidad que sentían, el anhelo, el deseo… hacían que su mundo se redujera a ellos dos.

Mary había ido a disfrutar de la piscina mientras Jack aún seguía dormido. Cuando este se despertó y vio que no se encontraba a su lado, el pánico lo invadió, hasta que halló una nota en su mesilla.

Tranquilo, que no me he vuelto a escapar.
Eso ya no lo haría.
Estoy disfrutando de la piscina en tu ausencia.
Espero que hayas descansado.
M. S.

Jack se encaminó sin dudarlo ni un segundo hacia la piscina en busca de su chica. Al llegar, las vistas eran más que agradables, con el bikini y empapada… Jack se quedó en calzoncillos y se lanzó a la piscina *ipso facto*.

—Buenos días.

—Ya veo que son buenos —respondió Mary, que ya notaba la excitación de Jack.

—Y mejores que van a ser.

Entonces Jack la acorraló en una esquina de la piscina, le quitó la parte inferior del bikini, se liberó y se hizo la magia una vez más.

Minutos después apareció Jensen, que informó a Jack acerca de una conferencia de trabajo. Este se despidió de Mary y fue a cumplir con sus menesteres, sin incluirla.

Al almuerzo, Mary preguntó sobre la reunión previa, pero Jack solo eludía la pregunta: «Nada importante, asuntos banales…». Decidió dejarle un poco de margen para ver si su trato seguía en pie o si realmente la iba a excluir de su vida, salvo del sexo, del que realmente no tenía queja.

Los días pasaban y Jack seguía en la misma línea. Mary no se caracterizaba por tener demasiada paciencia, así que pronto iba a explotar.

17

Era media tarde y la feliz pareja se encontraba acurrucada en el sofá disfrutando de una película cuando Jensen hizo su aparición. Venía acompañado por un hombre también joven y fornido llamado Jace, otra de las personas de confianza de Jack.

—¿Qué ocurre? —quiso saber Jack.

—Es por una de las chicas —respondió Jace.

—De acuerdo, vamos.

Mary lo asió por el antebrazo y tiró de él hacia abajo, obligándole a tomar de nuevo asiento en el sofá.

—Habla —exigió ella.

Jack hizo un gesto afirmativo con la cabeza para que comenzara la exposición, resignado ante aquella situación.

—Se trata de Amy, ha vuelto a suponer un problema con los clientes.

—¿Qué ha sido esta vez?

—Ha vuelto a morder y casi desgarrar lo que te estás imaginando. Afirma que no va a cambiar. ¿Qué hacemos?

—Deshaceos de ella —concluyó Jack.

—Espera. Traedla aquí, yo la enseñaré —intervino Mary.

La cara de Jack era de conmoción. ¿Por qué había accedido a tratar estos asuntos con ella delante?, ¿qué iba a conseguir? Traerla a casa, vaya estupidez.

—Lo digo en serio. La convertiré en nuestro mejor activo, y si no, yo misma la mataré —continuó Mary, centrando su discurso únicamente en Jack.

—Traedla mañana —accedió Jack, sorprendido ante la seguridad de su chica.

Jensen y, especialmente, Jace se retiraron asombrados del poder que Mary ejercía sobre su jefe; él nunca habría tomado una decisión así.

Jack estaba muy sereno tras la iniciativa de Mary, lo cual era un tanto extraño, que cediera su poder de esa forma y ante sus empleados. «Hay gato encerrado, seguro».

—No sé qué tendrás en mente, pero confío en ti. Espero que sepas lo que nos jugamos si algo va mal. Y ya que a partir de mañana vas a ocupar nuestra sala de juegos, creo que deberíamos ir y aprovecharla.

Mary no dudó en tomar su mano y seguirlo hasta aquel cuarto en que había pasado sus primeros meses. Tras el encuentro sexual acontecido el día que iniciaron su relación oficial, ese cuarto era muy simbólico para ellos y una zona donde disfrutaban muy a menudo.

Jack y Mary empezaron a tocarse y besarse como de costumbre mientras se desvestían mutuamente. Después Jack la cogió en brazos y la tiró encima de la cama. Entonces se colocó a horcajadas sobre ella.

—¿Quieres jugar?

—Sí, señor Shepard.

Jack le colocó los brazos sobre la cabeza, casi completamente extendidos, y se los ató al cabecero de la cama. Posteriormente, le abrió las piernas y la ató también, dejándola totalmente indefensa. Era toda suya, en la cama, abierta de piernas para él y excitada, muy excitada.

Jack comenzó a besarla por todo el cuerpo, entreteniéndose en los pezones, el ombligo, la cara interna de los muslos… Cuando ella estaba casi suplicando que la penetrara, él se levantó.

—No me ha gustado lo que has hecho antes. Las decisiones las tomo yo y no debes inmiscuirte en mis negocios.

Jack se encaminó hacia la puerta.

—¿A dónde vas?

—A dar un paseo.

—¿Me vas a dejar así?

—Por supuesto.

Jack se fue. Mary era consciente de que volvería, pues él estaba tan excitado como ella, así que en algún momento la necesitaría. Mientras eso pasaba, intentó relajarse a pesar de las ataduras hasta caer en los brazos de Morfeo.

Media hora después, Jack regresó y la encontró dormida, así que se acercó y comenzó a tocarla, lo que provocó que ella despertara.

—¡Vaya, has vuelto!

Él no dijo nada y se limitó a ascender su mano por la entrepierna hasta que le introdujo un dedo.

—¿Qué ha pasado? —preguntó al notar que Mary ya estaba cerrada.

—Has tardado demasiado.

Jack la desató e intentó terminar lo que había empezado.

—Va a ser que no —aludió ella.

—¿Qué te pasa? —Estaba confundido, pues, en fin, a ambos les gustaban esos juegos.

—No has hecho esto por diversión, intentabas castigarme por meterme en tus negocios, cuando la condición para que me quedara era precisamente esa. Te he estado dando tiempo, Jack. Tú decides: me incluyes o hago la maleta ahora mismo.

Mary cogió su bata de satín y se fue del cuarto sin ofrecer tan siquiera una opción a réplica, encaminándose hacia el jardín para tomar el aire.

Jack estaba estupefacto ante aquella discusión en la que no se le había permitido ni hablar. Era cierto que se lo prometió, pero nunca se imaginó que ella pudiera tener un interés real en sus asuntos. Pensar que al fin alguien se preocupaba por él y sus cosas era una idea completamente nueva. «Pero ¿de verdad está dispuesta a irse con lo bien que estamos?». Ante este pensamiento, no pudo contener el impulso de salir tras ella.

Cuando la alcanzó en el jardín, le cogió las manos y la miró fijamente con esa preciosa mirada penetrante que le caracterizaba.

—A partir de ahora consideraré tus opiniones, te lo prometo. Te necesito a mi lado, por favor.

—Será un placer.

Mary le dio un beso y segundos después estaban desnudos en el jardín, concluyendo los asuntos que habían dejado a medias al inicio de la noche.

18

Ambos pactaron que Mary se ocuparía de Amy, pues había sido idea suya. Aun así, ella estaba segura de que Jack aprovecharía las cámaras del cuarto para espiar sus conversaciones, por lo que ya se había hecho con un inhibidor, cortesía de Jace.

Esa mañana Mary fue a recibirla, la acompañó al dormitorio y la ayudó a instalarse.

—Sé que esto parece un castigo, pero no es tan malo como parece, te lo aseguro. Yo estuve varios meses en este mismo cuarto cuando llegué.

—Ya, pues genial, gracias —dijo con pasotismo.

—Amy, entiendo que ahora mismo sientes que el mundo está contra ti y que no quieres esta vida.

—Qué lista —la interrumpió.

—Te voy a ser muy sincera: solo tienes dos opciones, o esta vida o ninguna, así que tú decides. Personalmente, prefiero la primera.

Mary se fue y la dejó a solas para que reflexionara. Amy era una chica esbelta y rubia de tan solo diecisiete años que estaba en plena fase de rebeldía contra el mundo, así que no sería nada fácil hacerla entrar en razón. Había que poner las cartas sobre la mesa desde el principio.

Pasaron varios días y Mary no había vuelto a ver a Amy, esperando que fuera esta quien pidiera hablar con ella. Quien se encargaba de atender sus necesidades era el bueno de Jensen.

Además, la reticencia de Mary a intentar convencer a la chica estaba poniendo a prueba la poca paciencia de Jack, quien ya veía que aquella idea no era más que un gran fracaso y tenía serias dudas de que su chica cumpliera su palabra si se dieran las circunstancias.

Al concluir la primera semana, al fin, Amy se decidió.

—¿Y bien? Tú dirás —dijo Mary nada más entrar en la habitación.

—¿Qué tengo que hacer?

—Depende del cliente, aunque la mayoría son muy básicos. Si dominas un par de cosas y alguna técnica de seducción, los tendrás a todos a tus pies. Confía en mí.

—Es que no sé cómo hacerlo, me resulta muy difícil.

—El miedo se pasa con el tiempo. Además, esto no tiene por qué ser de por vida, solo fíjate en uno que te interese y conquístalo. Es la única forma de salir viva de este mundo.

—¿Eso hiciste tú?

—Más o menos.

En los días siguientes, Mary y Amy se hicieron casi amigas. La confianza ya era mutua y Amy estaba preparada para salir al ruedo. Aun así, era necesario asegurarse, así que tendría que pasar la prueba de fuego.

19

Mary estaba pasando la noche con Jack, como era habitual, y tras el ansiado y relajante placer, aprovechó para comentarle los progresos con Amy.

—¿Que quieres que haga qué?

—Quiero que la pruebes. Es la única forma de demostrarte que está lista.

—Para que yo me entere, ¿mi novia me está pidiendo que me folle a otra chica? —preguntó retóricamente.

—Exacto. Y yo estaré aquí observando.

—Esto es surrealista, pero si es lo que quieres, adelante.

★★★★★

Esa misma mañana, Mary fue a hablar con Amy:

—Esta noche vendrá un chico para comprobar qué has aprendido. Estás lista, así que no dudes, solo haz lo que te he enseñado.

—Está bien.

—Y recuerda, solo debes aguantar un poco, luego serás libre, te lo prometo.

—Te creo y por eso lo haré.

★★★★★

A la noche, Jack fue al cuarto y con su pose dominante comenzó a tomar contacto con Amy. La tomó cómo y dónde quiso.

Una hora después, se hizo el sumiso para probar la otra faceta de la chica, que también resolvió con éxito. Tras la intensa noche, aunque no muy placentera, Jack miró a las cámaras:

—Mary, baja y hacemos un trío, que la chica está preparada.

Al escuchar eso, Mary no pudo más que reírse. Y por supuesto que bajó.

—Hola —dijo en el tono seductor que Jack tan bien conocía.

—¡Has venido! —Jack estaba sorprendido.

—Amy, tranquila, este imbécil con el que te has liado es mi novio. No tiene ningún peligro.

—¿Entonces no hay trío? —preguntó Jack poniendo morritos.

—¿Quieres jugar? —le preguntó Mary a Amy.

—Por supuesto.

Ambas empezaron a besarse y acariciarse dejando a Jack al margen. Cuando el ambiente se empezaba a caldear:

—Cariño, ¿piensas unirte o solo vas a mirar? —le incitó Mary.

Jack no necesitaba más invitación y apenas un par de segundos después la boca de Mary le pertenecía. Mientras, Amy se entretenía masturbando su ya nuevamente erecto miembro.

—Te necesito —le suplicó Jack a Mary a escasos centímetros de su boca.

—Tendrás que conformarte con ella, para eso estamos aquí.

Entonces Mary susurró algo al oído a Amy, como si le estuviera dando instrucciones sobre qué hacer a continuación. En efecto, así era. Amy se tumbó en la cama bocarriba con las piernas abiertas, invitando a Jack a entregarse al placer mutuo. Y por mucho que Jack deseara a Mary, ahora mismo no iba a tenerla y su cuerpo necesitaba un respiro, así que Amy serviría.

En cuanto Jack la penetró, Mary se acercó a la cama, se desnudó y se colocó sobre la cara de Amy, enfrente de Jack. Fue entonces cuando Amy comenzó a darle placer a Mary con un espectacular *cunnilingus* mientras Jack la reventaba.

Los tres estaban muy excitados, al borde del clímax, cuando las bocas de Mary y Jack se fusionaron ahogando sus gritos de placer.

—Te espero en la cama —afirmó Jack, en una nueva promesa cargada de deseo, antes de dejar a las chicas solas.

—¿En serio es tu novio el jefe? —preguntó Amy sorprendida.

—Sí, ¿por qué?

—Por cómo lo has tratado, ha sido divertido.

—Lo cierto es que sí. Ahora descansa. Mañana te llevarán al club. Aun así, tienes mi número, así que estamos en contacto.

Mary se fue al dormitorio, donde Jack ya esperaba ansioso su recompensa, pues verla disfrutar a manos, bueno, mejor dicho a lengua de otra persona no lo había dejado indiferente.

—Al fin eres mía.

—De eso nada, hoy ya te has divertido bastante. Buenas noches, Jack.

—Pero solo he hecho lo que me pediste, no puedes enfadarte por eso.

—No estoy enfadada, aunque esta noche no lo has hecho como tú sabes. Y la idea del trío la tendré en consideración la próxima vez que me interese un chico, ya que estás tan dispuesto.

—Mejor deja los tríos, con uno ha sido suficiente. Yo solo te quiero a ti.

Mary se rio ante aquella respuesta y se abalanzó sobre él para satisfacer su propio deseo.

20

Los días pasaban y la pareja estaba cada vez más unida. Además, Jack al fin había incorporado a Mary a su rutina de trabajo.

Un día como otro cualquiera, Jack comenzó a enfermar, nada importante, solo el típico resfriado que te provoca malestar y una leve febrícula. Aun así, Mary insistió en que se quedara en la cama para recuperarse mientras ella se ocupaba de todo. Inicialmente, Jack no estaba por la labor, puesto que ese día tenía una reunión con uno de los mayores socios. Sin embargo, tras la insistencia de Mary, accedió; era imposible decirle que no. Después de todo, si alguien podía encargarse era ella.

A las 13:00 llegó un señor de unos sesenta años, de estatura media, pelo cano y ojos marrones. Para su edad lo cierto es que se conservaba muy bien.

—La señorita Sunset lo atenderá ahora mismo, señor Mancini. Sígame, por favor —ofreció Jensen.

Al cabo de un par de minutos, Mary ya había llegado a la sala de reuniones.

—Un placer, señor Mancini —dijo estrechándole la mano.

—Lo mismo digo, señorita Blanchart. Es un placer volver a verla. No habría imaginado que trabajara para el señor Shepard, dada la relación entre sus familias.

—Los temas familiares son pasado y no trabajo para él, soy su novia.

—Ah, más sorprendente entonces.

—¿Le parece si pasamos a los negocios? —Mary intentó reconducir la situación.

—Por supuesto, el nuevo cargamento entrará mañana. El señor Shepard y yo acordamos el transporte marítimo a la noche. ¿Está todo en orden?

—Está todo preparado, aunque si me permite un consejo, yo cambiaría los planes.

—La escucho.

—Me han informado acerca de un incremento de controles en el transporte marítimo. Precisamente por eso, yo optaría por el transporte terrestre o, de ser naviero, mejor a pleno día; cuando uno lo tiene delante de las narices es cuando menos busca.

—Está bien, consideraré su propuesta. Un placer —respondió el señor Mancini con un nuevo apretón de manos antes de encaminarse hacia la salida.

21

Un par de días después, Jack ya estaba recuperado y se encontraba con Mary disfrutando de un relajante baño en la piscina. En ese momento apareció el señor Mancini. Ambos salieron del agua *ipso facto*.

—¿Todo bien, señor Mancini? —preguntó instintivamente Jack.

—Así es, solo venía a comunicarle que a partir de ahora trataré los negocios directamente con la señorita Blanchart.

—Disculpe, ¿con quién ha dicho? —le inquirió Jack confuso.

—Conmigo —interrumpió Mary.

Jack estaba muy desconcertado, ¿qué había sucedido en aquella reunión para que lo sustituyeran? Y más importante aún, ¿de veras era una Blanchart? ¿Cómo pudo no saberlo?

—Supongo que el envío ha llegado correctamente —sugirió Mary.

—Así es. Probamos a enviar una pequeña parte según lo pactado y fue interceptada. Sin embargo, seguí su consejo y la mayoría se transportó a pleno día, sin ningún imprevisto.

—Me alegra oír eso. Para lo que necesite, ya sabe dónde encontrarme —concedió ella.

Mary acompañó al señor Mancini a la salida y cuando este se fue, era el momento de dar explicaciones.

—Así que Blanchart… ¿Cómo has podido mentirme todo este tiempo? —preguntó Jack con rabia.

—Siempre lo investigas todo, así que supuse que lo sabrías.

—Supusiste que lo sabría… ¿Y no se te ocurre que habría hecho algún comentario al respecto? —reprochó iracundo.

—Lo siento, Jack. Para mí lo que hicieran nuestras familias es pasado, yo sé que quiero estar contigo. Si esto te supone un impedimento y quieres que me vaya, solo tienes que decirlo.

—Me has mentido durante meses, desde que nos conocimos. ¿Es esa la única sorpresa o hay más? ¿Qué más me ocultas? Debí hacer caso a mi instinto y no confiar en ti, pero fui un estúpido. ¿Qué es lo que quieres? ¿Realmente sientes algo por mí o no es más que otra de tus mentiras?

—Jack… —intentó intervenir Mary.

—Ahora mismo necesito estar solo. —Y se fue, tirando una pequeña mesa con la que descargó su frustración.

22

Efectivamente, Jack necesitaba estar solo y pensar, por lo que acudió a la playa, dio un par de paseos y, finalmente, se sentó en la arena próximo al rompiente de las olas.

«Dice que ha olvidado el pasado, pero ¿cómo puede hacerlo…? Su familia y la mía eran las dos grandes mafias de Europa, que extendieron sus negocios posteriormente al continente americano. Nuestras familias han sido rivales desde el principio de los tiempos. Los Shepard provocamos el incendio en que murió casi toda su familia, aunque la policía no pudiera demostrarlo. Luego los Blanchart fueron responsables de una fuga de gas que hizo saltar por los aires a casi todos los míos. En venganza, yo disparé y asesiné a su hermano. Ellos se encargaron de hacer lo mismo con mis padres y yo di el chivatazo para que los suyos fueran arrestados. Sin embargo, antes de ir a la cárcel prefirieron la muerte y se quitaron la vida, en su casa, delante de su única hija. Esto nos deja solo a ella y a mí como último legado de nuestras familias, pues mi hermana Ashley nunca volverá a ver la luz del sol.

¿Realmente se puede olvidar el pasado y seguir un futuro juntos sin importar nada? Ella dice haber olvidado y perdonado, pero ¿sabrá que fui yo quien condenó a sus padres y mató a su hermano? Si lo sabe, ¿de veras puede quererme? ¿Qué es lo que ve cuando me mira, el hombre que siempre he querido ser para ella o un simple asesino? Pero, por otro lado, ¿estoy dispuesto a olvidarme de ella? Ya se ha convertido en una parte de mí, ¿podré sobrevivir sin ella a mi lado? O mejor dicho, ¿quiero vivir sin ella?».

Con todas las dudas aún asaltando su cabeza, Jack decidió volver a casa, ya más relajado tras la impactante noticia. Al entrar, la mesa que había tirado ya estaba ubicada en su lugar, pero la casa estaba desolada, totalmente inmersa en el silencio. No pretendía buscar a Mary, pues no sabía cómo podría reaccionar al verla, así que fue directo a su dormitorio.

Nada más entrar, halló una nota sobre la cama.

Ahora necesitas tiempo para pensar y volver a ser tú mismo. Por ello haré lo mejor para los dos y me iré un tiempo. Si quieres buscarme, sé que me encontrarás.
Te quiero.
M. B.

«Te quiero… ¿Cómo puede decir eso e irse? Se ha ido, aunque tiene la esperanza de que pueda superar estas diferencias y la encuentre de nuevo. Me alegro de que ella confíe en mí más que yo mismo, pues no tengo tan claro que estas dificultades sean salvables».

23

Tras el ataque de ira de Jack, Mary se fue en dirección a Pennsylvania, EE. UU. Una forma un tanto extraña de huir dirigirse donde todo empezó. A la mañana siguiente, fue a la comisaria para resolver unos asuntos. Permaneció allí un par de semanas, hasta que finalmente cumplió su cometido.

Supongo que os estaréis preguntando qué asuntos debía resolver en la comisaria, pero ya lo averiguaréis a su debido tiempo.

Posteriormente, regresó al continente europeo, concretamente a la casa familiar de la Toscana.

Por su parte, Jack había estado pensando en ella los primeros días, pero seguía demasiado preocupado y especialmente enfadado, por lo que no se planteó en ningún momento encontrarla.

Sin embargo, con el paso de los días la ira se iba convirtiendo en anhelo, desesperanza, necesidad… Por ello, al fin se dio cuenta de que solo importaban ellos y lo que sentía cuando estaban juntos. Ella era lo único que le hacía feliz.

Intentó llamarla varias veces, pero no contestaba y era imposible localizar su teléfono. Estaba comenzando a desquiciarse. «Dijo que podría encontrarla, pero ¿cómo espera que lo haga?».

Mary, habías dicho que podría encontrarte
y lo cierto es que no tengo ni idea de cómo hacerlo. Ni tan siquiera
sé si leerás esto, pero debía intentarlo. Necesito que sepas que no
me importan nuestras familias y el pasado, y tampoco me im-

portan los negocios y el futuro, porque ya no soy capaz de verme
mañana, en dos meses o en diez años si no es contigo a mi lado.
TE QUIERO.

La desesperación de Jack era más que evidente a ojos de todos, y por ello, Jace le sugirió una idea.

—Mary y Amy se hicieron muy amigas cuando estuvo aquí, quizá ella sepa algo.

—Vale la pena probar —concedió Jack, encaminándose hacia la puerta para dirigirse al local donde trabajaba Amy.

★★★★★

—¿Has hablado con Mary últimamente?

—Bueno…, sí.

—¿Sabes dónde está?

—No.

—Llámala —exigió.

Amy no estaba dispuesta a discutir con Jack, el novio en misión de rescate. Ya lo creo que no.

—Hola, Amy. ¿Todo bien? —respondió Mary al otro lado del teléfono.

—Sí, bueno, es que…

—Pásame a Jack —la interrumpió Mary.

—Hola —dijo Jack aliviado.

—Hola.

—¿Dónde estás? —instó él.

—De vacaciones. —Y colgó.

—Está de vacaciones, pero ¿dónde? —comentó Jack.

Regresó a casa con la cabeza a punto de explotar, pues seguía sin saber cómo localizarla y parecía que ella no se lo iba a poner fácil, aunque tratándose de Mary era de esperar. ¿Cuándo había sido algo fácil con ella?

Días después seguía sin noticias y la ansiedad le consumía, por lo que decidió escribirle con la esperanza de que se apiadara, aunque fuera un poco, de él.

Mary, estoy desesperado. Llevo días sin dormir, solo pensando en ti. Te necesito conmigo, mi vida ya no tiene sentido si no es contigo a mi lado.
No sé qué hacer para encontrarte, pero soy capaz de recorrer el mundo entero hasta hallarte. Solo espero que estés bien y desees verme tanto como yo a ti.
Con amor, Jack.

«Siendo sincero, la buscaré por todas partes, no pienso dejarla escapar, pues es mi única oportunidad de ser feliz y no voy a renunciar a ella. Solo espero que no esté en Norteamérica, pues tras lo acontecido en nuestros inicios es el único lugar donde no me puedo arriesgar. No podría traerla de vuelta conmigo porque no puedo pisar el país, los federales me saltarían encima. Confío en que, si espera que la encuentre, no esté allí».

Mary anhelaba a Jack, realmente estaba impaciente porque la encontrara, pero no quería flaquear en su estrategia, pues tenía que comprobar hasta dónde estaba dispuesto a llegar por ella.

Un día después de recibir el mensaje de Jack, Mary no pudo contenerse por más tiempo y decidió responderle.

Querido Jack, siento que estés sufriendo por mi culpa. Si pudiera volver atrás, te diría desde el principio quién soy, aunque eso supusiera que nuestra historia nunca existiera, solo para ahorrarte todo el sufrimiento que te he causado.
Pero si el masoquismo sigue en tus entrañas y aún quieres encontrarme, estoy de vacaciones en el pasado. Pero no en nuestro pasado, pues nunca te pondría en peligro.
Te quiero.
M. B.

Jack recibió las buenas nuevas complacido, pues al fin se había dignado a contactar con él, y además seguía esperándolo. Y por si eso fuera poco, le había dado una pista para posibilitar su reencuentro. Ahora bien, «de vacaciones en el pasado», ¿qué narices significaba eso?

24

Jack iba conduciendo de vuelta a casa mientras esas palabras se repetían una y otra vez en su cabeza: «Vacaciones en el pasado».

«El pasado es lo que nos ha separado, y si no es el nuestro tiene que ser el original, el causante de todos nuestros problemas, nuestras familias. Las vacaciones con su familia, ¡eso es! Vale la pena intentarlo».

Jack cogió su *jet* y en poco tiempo se encontraba en la Toscana. Al ver a Mary, una sensación de plenitud le invadió, al fin se sentía completo de nuevo.

—Hola.

—Hola. Al fin te he encontrado.

—Sabía que lo harías.

Entonces Jack clavó una rodilla en el suelo, le tomó la mano y…

—Estos días han sido muy duros, a la par que reveladores. No quiero vivir sin ti; es más, no puedo. Te necesito en mi vida todos y cada uno de los días hasta el fin de mi existencia, y es por ello que te pido que me concedas el honor de oficializar nuestra relación y hacerme el hombre más envidiado del mundo convirtiéndote en mi esposa.

Todos estaréis esperando el momento en que Mary acepta, al igual que Jack, pero lo único palpable en su rostro era tensión e incluso un atisbo de tristeza.

—Por favor, dime algo —rogó Jack.

—Jack, no te voy a negar que te amo porque me negaría a mí misma, pero necesito tiempo para pensarlo.

—Me quieres y yo a ti, ¿qué tienes que pensar?

—Llevamos tiempo separados y no puedo tomar una decisión tan importante por un mero impulso. Cuando esté preparada te lo diré, confía en mí —dijo arrodillada frente a él acariciándole sutilmente una de las mejillas.

—¿Nos vamos a casa?

—Sí —respondió, mientras se abrazaba a un Jack bastante confuso con la situación y no especialmente receptivo.

En fin, la actitud de Jack era comprensible, pues ahora volvían a estar juntos como si nada hubiera sucedido y la añoranza parecía mutua, pero la negativa al compromiso era algo que le atormentaba. ¿Cuál podía ser el verdadero motivo de su reticencia?

25

Dos semanas después, todo seguía el ritmo habitual. Desde que Mary había regresado pasaban casi veinte horas al día juntos, ya no había forma humana de separar esas dos almas que la tragedia había unido.

Era tarde, poco después de cenar, y Mary entró al despacho de Jack.

—¿Aún te queda mucho trabajo? —le preguntó.

—Estoy terminando. ¿Sucede algo?

Mary le dio una nota y se fue contoneándose. Jack se dispuso a leerla, incluso antes de que ella se hubiera ido.

> *Te quiero en la sala de juegos.*
> *En treinta minutos.*
> *Desnudo.*

Jack no pudo evitar sonreír ante esa propuesta. «¿Qué tendrá en mente? Es cierto que ella ya ha tenido el control más veces, pero nunca había realizado semejante preparación. Supongo que el trabajo podrá esperar hasta mañana, porque las posibilidades de que me concentre en él ahora mismo son entre nulas y negativas».

Obviamente, transcurrida la media hora, Jack se encontraba en el cuarto, en calzoncillos y expectante. Poco después, haciéndose de rogar, apareció Mary ataviada con un vestido negro.

—Había dicho desnudo, pero supongo que servirá.

—¿Qué hay de ti?

—Tiempo al tiempo. Hoy eres tú el destinatario del placer, así que ven.

Lo dirigió al centro de la habitación, donde se disponían unas cadenas asidas al techo, y le inmovilizó ambos brazos. Posteriormente, le colocó una venda en los ojos.

—Esta noche es toda tuya. Te aseguro que te haré disfrutar —le susurró en la oreja, para deslizar sutilmente su boca por el lóbulo, terminando con un suave mordisco.

Mary comenzó a acariciarle muy suavemente todo el cuerpo, algo apenas perceptible pero suficiente para sensibilizar la piel ante la expectativa. Después, asió un látigo trenzado y proyectó la inesperada descarga sobre los pectorales. Jack gritó ante ese insospechado acontecimiento, pero le gustaba, y ella lo sabía. Luego le quitó los calzoncillos y le dio un nuevo latigazo en los glúteos y, finalmente, otro entre las piernas, que consiguió que Jack se volviera loco de placer y diera rienda suelta a su primer orgasmo de la noche.

Cuando se recuperó, Mary le colocó unas pinzas para pezones unidas entre sí por una cadena de plata y le soltó las ataduras. Jack se quejó inicialmente, pues nunca se había puesto unas pinzas y no conocía la sensación.

—¿No pensarías que esta maravilla solo la ibas a usar tú? —dijo Mary refiriéndose a las pinzas, que sus pechos bien conocían, mientras tiraba de la cadena para que Jack se desplazara a su antojo.

Lo condujo hacia la cama, donde lo dispuso bocarriba y lo inmovilizó, pero esta vez tanto brazos como piernas. Fue entonces cuando Mary empezó a deleitarse besándole todo el cuerpo para terminar en su miembro erecto. Se dispuso a lamer las gotitas de semen que permanecían de su primer orgasmo y apenas estableció más contacto, pues ya estaba a punto. Esta vez no sería tan fácil, Jack iba a suplicar.

—¿Por qué paras? —increpó Jack.

—La expectación lo es todo, cariño —respondió ella antes de salir por la puerta.

—Mary, no puedes dejarme así. Vamos… ¡Vuelve!

Un rato después, Mary regresó con una botella de *champagne* y sus respectivas copas con cubitos de hielo. Dejó la bebida en la cómoda para después y se acercó a Jack. Le retiró las pinzas de los más que sensibles pezones, consiguiendo que gritara de nuevo por aquella desconocida sensación. Posteriormente, le quitó la venda de los ojos y sus miradas se cruzaron.

—Te necesito, ahora —rogó Jack.

Mary sonrió ante aquellas palabras y comenzó a colocar cubitos de hielo sobre el cuerpo de Jack: uno para cada pezón, otro en el abdomen, en el ombligo y el último justo en el pubis.

—Cuando el propio calor de tu cuerpo derrita el hielo, seré tuya.

Jack estaba gimiendo, era todo sensaciones, estaba muy sensible y totalmente preparado.

Mary comenzó a desvestirse de espaldas a él y cuando se giró y su mirada penetrante, anhelante y descarada se encontró con la de Jack fue el detonante que le faltaba para descargar su segundo orgasmo.

Unos minutos después, el hielo se derritió y Mary lo hizo suyo como había prometido, montándolo como toda una amazona, dando así rienda suelta a otro mar de placer, en este caso para ambos. Tras finalizar, lo desató y le ofreció el *champagne*.

—Quiero brindar por ti, ha sido increíble —dijo Jack.

—Yo quiero brindar por que hayas disfrutado de tu despedida de soltero.

—¿Qué? —preguntó confuso.

—Mañana nos casamos.

—¿Cómo lo has hecho? ¿Y a qué esperabas para decírmelo?

—Ya habrá tiempo para las preguntas. Ahora debes vestirte, vas a tener una visita.

—De acuerdo, pero antes me gustaría proponer un brindis: por esta gran noche que me has regalado, por nuestra próspera y feliz vida juntos y por la magnífica mujer que tengo frente a mí en este momento, una mujer que nunca me he merecido y no tengo ni la menor idea de cómo he conseguido; pero si hay algo que puedo afirmar con total seguridad es que no estoy dispuesto a perderla bajo ninguna circunstancia, porque me ha ofrecido lo único que nunca había tenido: el amor verdadero. Por ti —concluyó Jack alzando su copa.

—Por nosotros —respondió ella con los ojos llorosos tras semejante declaración.

26

En efecto, tal como Mary había dicho, tan solo cinco minutos más tarde sonó el timbre. Jack, que ya estaba visible, se dirigió a abrir la puerta, pero lo que vio no le gustó lo más mínimo y sin tan siquiera cruzar una palabra con el caballero al otro lado de la puerta, la cerró y se dirigió a Mary.

—¿Qué has hecho? Pensé que todo esto era real —gritó indignado.

—Relájate y escucha lo que tiene que decir, confía en mí —intentó calmarlo Mary.

—No es que me salgan muy bien las cosas cuando me fío de ti.

—Si fuera a entregarte, ¿crees de veras que habría esperado tanto, que habría preparado esta noche íntima y, más aún, nuestra boda?

—Supongo que tienes razón.

—Señor Reed, pase, por favor —dijo Mary al abrir la puerta—. Y perdone por la espera.

—No se preocupe, era una reacción predecible.

—Y bien, ¿alguien me va a explicar de qué conoce mi novia al jefe del FBI y, ya de paso, qué hace en mi casa? —comentó Jack un tanto irascible.

—Estoy aquí a petición de su novia para traerle su regalo de boda, señor Shepard.

Jack estaba extremadamente confuso, su regalo de bodas lo traía el mismísimo FBI y ¿de qué demonios se conocían?

—Puede volver a EE. UU. cuando lo desee, los cargos contra usted han sido retirados. Enhorabuena —continuó el agente.

—Retirados, ¿cómo?

—Las pruebas condenaban directamente a su hermana, no a usted, que no aparecía en ningún momento en las pruebas físicas, por lo que su condena estuvo supeditada a la declaración de la señorita Sunset, aquí presente —aclaró el señor Reed.

—¿Cuándo y por qué? —le preguntó a Mary.

—Muchas gracias, señor Reed. Si nos disculpa, ya aclaramos entre nosotros los detalles —sugirió Mary, encaminándose hacia la puerta.

Una vez se quedaron solos, Mary comenzó a hablar.

—Supongo que recuerdas la discusión cuando conociste quién era y que me fui varios días.

—¡Cómo olvidarlo!

—Bueno, pues mi primera parada fue Pennsylvania, donde acudí para retirar los cargos. Inicialmente traté con la policía y al final con el FBI.

—¿Por qué?

—Porque te quiero —respondió sinceramente, mirándolo a los ojos.

—Y yo a ti. Gracias por todo. Lo siento…, yo no tengo nada que ofrecerte —repuso al darse cuenta de que no disponía de ningún regalo de boda.

—Me ofreces todo lo que necesito con tan solo tu presencia en mi vida.

Entonces se abrazaron, se besaron y las cosas fueron nuevamente a más, aunque ya no se molestaron en llegar al cuarto. Con el salón donde se encontraban era más que suficiente.

27

El gran día en que al fin se comprometían legalmente había llegado, y para compartirlo con ellos la iglesia estaba a rebosar de amigos, empleados y socios. Jack se encontraba en el altar con su elegante traje gris, acompañado por Amy, mientras Mary, para no perder la costumbre, se hacía un poco de rogar. Unos minutos después, hizo su entrada del brazo de Jensen con un elegante a la par que sencillo vestido blanco roto, con el que resplandecía como nunca.

La ceremonia transcurrió sin incidencias, y al fin llegó el momento de los votos nupciales.

—Desde el momento en que salí corriendo y estuviste ahí para mí, supe que ya nada nos separaría. Por muy difíciles que se pusieran las cosas siempre volviste por mí y ya no sé qué es vivir si no es contigo a mi lado. Soy por y para siempre tuya —dijo Mary.

—No me has dejado tiempo para preparar algo, así que voy a improvisar. Hemos vivido muchos momentos juntos, tanto buenos como malos, y siento todo lo que has sufrido por mi culpa. Sé lo que quiero, y es a la mujer que me ha descubierto qué significa el amor. Te quiero y prometo hacerte la mujer más feliz del mundo, por y para siempre.

Posteriormente, llegó el beso y toda la iglesia se fundió en aplausos por la feliz pareja y por lo que eso implicaba en la ya eterna lucha por el poder entre sus familias.

Ambos fueron hacia el coche para dirigirse a la playa donde sacarían las fotos.

—Mi esposa, quién lo iba a decir cuando pasabas de mí —reflexionó Jack.

—No pasaba de ti, solo captaba tu atención.

—En ese caso, se te ha dado muy bien —dijo, mientras le besaba la mano como todo un galán.

Tomaron múltiples fotografías en la playa y se encaminaron hacia su casa, donde Mary pretendía cambiarse el vestido por uno un poco más cómodo, también de color blanco, aunque con sutiles toques rojos y de un largo más apropiado para el baile.

—¿Me ayudas? —Quería que Jack le desabrochara la cremallera de su vestido nupcial.

—No hay nada que desee más que quitarte ese vestido.

En efecto, Jack la ayudó, pero después comenzó a tocarla, buscándola como siempre hacía.

—Aún no. Los invitados nos esperan y ambos sabemos que esto no nos retrasaría solo unos minutos.

Jack asintió, pues llevaba razón, aunque no le agradara mucho la espera. Estaba impacientándose y, si seguían allí, no podría controlar sus instintos más básicos por mucho tiempo.

—¿Lista para irnos?

—Espera. Tengo algo para ti, o para mí, según lo quieras ver.

Jack la miró confuso y ella le entregó una caja. Al abrirla, la sonrisa que se impuso en su cara fue imperial.

—¿Y esto? —preguntó con ironía, pues sabía perfectamente lo que era, aunque no tenía muy claro el porqué de ese momento.

—He pensado que, ya que no te gusta que baile con otros hombres y hoy eso es innegociable, esto podría ayudar.

—¿Cómo va a ayudar un vibrador?

—Con esto. —Y le entregó un pequeño mando.

—Interesante.

—Tú decides si quieres que lo use o no, pero de esta forma te aseguras que a pesar de estar con otra persona todo mi placer te seguirá perteneciendo —dijo Mary con cara lujuriosa.

—Deja que te lo ponga.

El resto de la recepción transcurrió como estaba previsto, con muchas palabras emotivas y mucho baile, aunque el momento de la noche fue, sin duda, la apertura de la pista de baile por parte de los recién casados. Y para los que os lo estéis preguntando, Jack utilizó su nuevo juguete un número ingente de veces a lo largo de la velada.

En cuanto a la noche de bodas… Lo dejo a vuestra imaginación, pues fue demasiado impactante para plasmarla con palabras en este escrito.

28

Cuatro meses después, tenía lugar una reunión en su casa con todo el personal de sus múltiples empresas simultáneamente, bien de manera presencial o mediante videoconferencia.

—Les he reunido a todos hoy aquí para comunicarles que tras conversar con todos nuestros socios, los negocios siguen adelante. Yo me encargaré de todo personalmente. Eso implica que quienes quieran mantendrán sus actuales puestos de trabajo. Si alguien prefiere irse, este es el momento —dijo Mary.

En la sala se hizo un silencio sepulcral, nadie tenía intención alguna de hablar.

—En ese caso, si no hay ninguna pregunta, doy la reunión por finalizada.

Cuando todos, salvo Mary, huyeron rápidamente de la sala para evitar realizar algún comentario inoportuno que pusiera sus trabajos en peligro, apareció Amy.

—¿Qué tal estás? Siento mucho lo que ha pasado —dijo Amy.

—Yo no.

Amy se extrañó ante aquella respuesta y no pudo evitar las palabras que salieron a continuación por su boca.

—¿No habrás tenido algo que ver?

—La sola duda ofende —respondió Mary altiva.

—Pero dicen que Jack ha muerto de un infarto.

—Eso dicen… Ni que no existieran otras formas de que a alguien se le pare el corazón. Pero ahora vamos a lo que me importa, que es cumplir mi promesa: ya eres libre.

Amy estaba desconcertada y no pudo reaccionar tras la insinuación de Mary sobre la muerte, o más bien asesinato, de su marido.

—Amy, eres libre para irte, como te prometí. Aunque si deseas quedarte aquí, conmigo, no seré yo quien se oponga.

—Me quedo —afirmó al instante.

29

Tras la repentina muerte de Jack, Mary, Jensen, Amy y Jace vivieron juntos y conformaron un equipo que rozaba la perfección, ya que su relación era realmente la de un grupo de amigos.

Un par de días después del funeral, estaban en casa Mary y Jace cuando alguien apareció en su puerta. Mary se sorprendió al instante, pues era la última persona a la que esperaba ver.

—Siento mucho lo que ha pasado. Solo quiero que sepas que estoy aquí si me necesitas —expuso John.

—Deberías irte —sugirió Mary.

—¿Por qué?

—Porque nunca me has importado. Os he utilizado a ambos, a Jack para conseguir lo que quería y a ti para llegar hasta él —respondió ella justo antes de cerrarle la puerta en las narices.

Era cierto que lo había utilizado, aunque mientras estaba con él se sentía cómoda y segura, podía simplemente disfrutar siendo ella misma sin preocuparse por nada más. En verdad le había cogido cariño, como si de un hermano se tratase, y era precisamente por eso que debía alejarlo de ella y de esa vida que no se merecía; por duro que fuera no volver a verlo nunca, era lo mejor para él. Ya había sufrido demasiado por su culpa, así que esta vez sería la última. Mejor un corazón partido que una vida condenada.

En la casa, Jace había presenciado toda la escena, así que la pregunta era obligada:

—¿Estás bien?

—Perfectamente —dijo, y luego se abalanzó a sus brazos—, pero ahora mucho mejor.

—Has conquistado a los dos, se te da bien esto, ¿debería preocuparme?

—Nunca.

Quién lo iba a decir, Jace estaba pillado por la hermana menor de su mejor amigo, Drake, por lo que ella no estaba a su alcance. El problema es que Mary también se había fijado en él y no le ponía las cosas demasiado fáciles al pobre chico.

Cuando Mary se quedó sin familia, fue Jace quien la ayudó a retomar su vida, y ese es el principio de su historia.

—Aún no me creo que tu alocado plan haya triunfado —dijo Jace.

—Por suerte, ya se ha terminado.

—Por suerte para mí, pero no sé si para ti también.

Mary lo miró confusa y este prosiguió con su alegato:

—En fin, en algunos momentos te veía tan bien con Jack que no creí que fueras a hacerlo. Llegué a pensar que le querías y ya no podía soportar veros juntos por más tiempo.

—Reconozco que hubo buenos momentos, no todo fue malo, especialmente cierta noche a principios de año en un bonito hotel.

Jace no pudo evitar sonreír tras esa última frase, pues se refería a la única noche en muchos meses que habían pasado juntos. Había sido por Navidades, cuando Mary, tras acudir a una fiesta a la que Jack la había invitado, tomó su avión y fue en busca de Jace. Esa noche compensó todas las posteriores, en que a pesar de verse continuamente cuando Mary y Jack empezaron a vivir juntos, tenían que tratarse como dos desconocidos: sin ninguna mirada, ninguna caricia, ningún gesto de aprecio, nada que pudiera sembrar un punto de desconfianza, de sospecha. Eso había sido realmente lo más duro de todo para ambos.

—Aun así, sabías lo que quería —afirmó Mary.

—Recuperar el poder absoluto de tu familia.

—En efecto, y reconozco que podría haber tenido algo con Jack en otras circunstancias, pero no te imaginas lo difícil que ha sido mirarlo y ver una y otra vez al asesino de Drake.

—Eso ya no importa. Todo ha terminado —dijo Jace abrazándola.

—Bueno, no habría podido hacerlo sin ti. Gracias por ayudarme a salir del abismo en que estaba metida.

—Eres tú quien me ayuda a mí, contigo puedo ser quien quiero. No tienes ni idea de las cosas que he hecho…

—Mi hermano Drake planeaba y tú ejecutabas sin preguntar, las muertes de muchos pesan sobre tu espalda. —Jace se disponía a responder, pero Mary se lo impidió y continuó su alegato—: Por eso te pedí que te infiltraras en la organización de Jack, pero no quería que te mancharas las manos, porque sé lo que supone para ti.

—Pensé que no lo sabías. Pero… ahora eres tú quien se ha manchado las manos.

—No importa, puedo con eso y con más —dijo justo antes de besarlo, un beso que no era pasional e impulsivo, sino con cariño, respeto e incluso admiración. Eso era amor.

Y así concluye nuestra historia, con un alocado plan hecho realidad. En fin, qué os voy a contar: la identidad falsa de Mary, ver cómo conquistaba a Jack desde que se inscribió en el colegio, ayudar a facilitar sus encuentros cuando Mary desaparecía, contener mi furia cuando ella casi muere, liberar a Jack de su ejecución…

Así que ahora, si me disculpáis, voy a sentir, disfrutar y, en definitiva, vivir con mi chica, Mary, pues nos lo merecemos. Al fin hemos alcanzado nuestro pedacito del edén tras años de sufrimiento en las profundidades del tártaro.

Jace Backland

Si queréis conocer cómo continúa la historia de amor entre Mary y Jace, no os perdáis la última entrega de la trilogía: *Pasión, dead or alive*. ¿Serán capaces de superar las nuevas dificultades que se presentarán en sus vidas o será el fin de esta pareja de ensueño?

Sobre la autora

María Castiñeiras Ortega nace en Avilés (Asturias) en 1993. Allí reside hasta el inicio de su etapa universitaria, en la que se traslada a Santander para cursar los estudios de Medicina. Posteriormente, se muda a Madrid, donde vive en la actualidad. Fue durante su etapa universitaria cuando se deshace del cliché de niña perfecta y comienza a escribir a modo de evasión. De esta forma, ha decidido darse a conocer al mundo a través de historias de ficción. Eso sí, siempre con una moraleja que considera un importante consejo de vida.